Hvem er Sanam?

BJØRN NOLTENSMEIER

Hvem er Sanam?

Illustreret af Anna D.

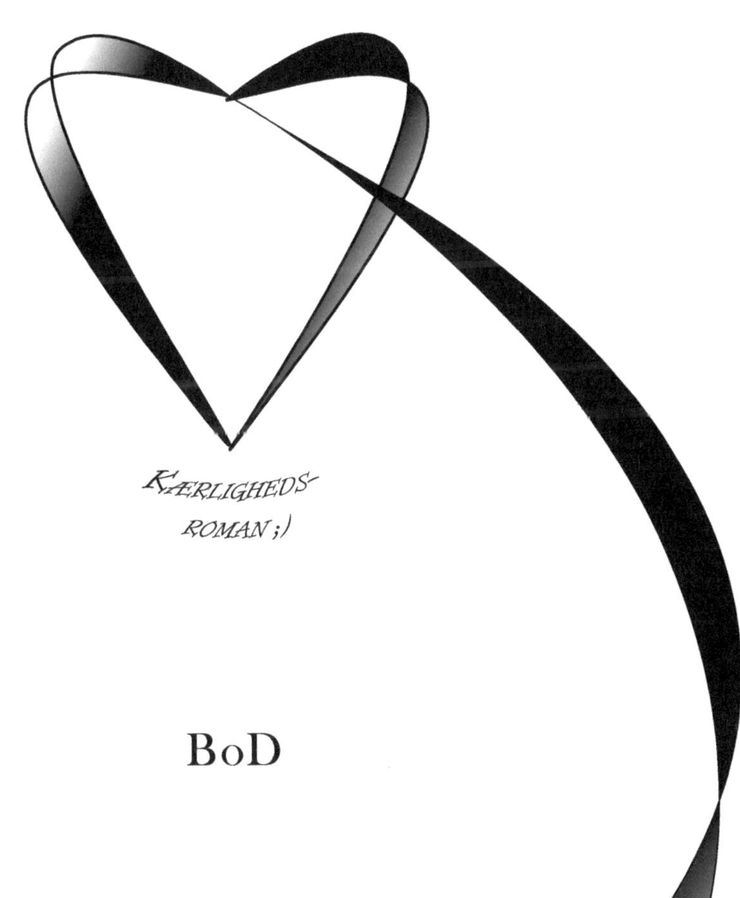

BoD

Hvem er Sanam?

© 2021 Bjørn Noltensmeier

Illustrationer: Anna D.

Forlag: Books on Demand GmbH, København, Danmark

Tryk: Books on Demand GmbH, Norderstedt, Tyskland

Bogen er sat med Baskerville og Informal

3. udgave

ISBN: 978-87-4303-042-3

Til Bertram

Solens bror!

Personer i bogen:

Lizette er Myrekongens datter

Manas er Lizettes ven i *OurBreak-VR*

Sanam er Lizettes første kærlighed

Myrekongen er Christoffer, Lizettes far

Mathilde også kaldet *Tante Tulle* er
Myredronningens søster

Mona er Lizettes bedste veninde

Isaac er en ny dreng i ungdomsklubben som
bliver Lizettes kæreste (altså, kun et øjeblik!)

Palle og *Helle* er pædagoger i klubben

Caroline hjælper til i ungdomsklubben
og er *showdance*-underviser

Cruise hjælper også til i ungdomsklubben
og er ven med Isaac

1. KAPITEL

Hvert øjeblik

JEG SOVER dårligt. Jeg vågner tidligt hver morgen. Det har jeg gjort, siden min mor døde sidste år. Altså, sidste år *som i* for fire måneder siden. For min mor døde i december måned lige inden jul. Det er derfor jeg sover dårligt.

Min far – *Myrekongen* – sover til gengæld meget. Han sover også længe. Det har han altid gjort. Også *før* min mor døde. Men nu sover han næsten bare hele tiden. Det er ligesom om han ikke rigtig kan vågne op.

Før var det altid min mor der var tidligt oppe og fik dagen skudt godt i gang med en sang. Det var hende der vækkede os alle. Hun gjorde alting klar. Ja, hun var morgenfrisk. Så *hun* gjorde alting klar, min mor.
    Altid.
    Dengang kunne min far godt vågne. I hvert fald efter en kop sort kaffe. Nu drikke han slet ikke kaffe.

Nu er det tante Tulle, der gør det. Altså, nu er det hende der skyder dagen i gang. Eller det vil sige, hun *prøver*, men hun gør det bare ikke lige så godt. Hun er nemlig ikke morgenfrisk, som mor var. Heller ikke selvom hun drikker kaffe.

Jeg tror måske også, det er derfor, jeg vågner tidligt hver morgen nu. For at være sikker på, at tante Tulle er vågen. Så jeg *er* altid allerede vågen, når tante Tulle *'vækker mig'.*

Når hun gør det, *lader* jeg som om, jeg vågner. Jeg forestiller mig nemlig, det er mor, der vækker mig. Det føles rart. I hvert fald lige i det øjeblik, inden tante Tulle *tror* hun vækker mig. For det er nemlig lige i det øjeblik, jeg forestiller mig, at det er *mor,* der, om et øjeblik, vækker mig. Og så er det, som om hun er hos mig. Som om vi er sammen igen, mor og jeg.

Det er det bedste øjeblik på hele dagen. Det værste er lige bagefter, når tante Tulle tror jeg vågner, og vir-keligheden, som en kold spand vand, skyller ind over mig, og vasker mindet af mor, der vækker mig, væk. Det hader jeg! Hele dagen hader jeg det øjeblik.

Min far lader vi begge bare sove. Længe efter vi er
stået op, lader vi ham sove.

Jeg vågner også tidligt i dag. Selvfølgelig
sover min far. Tante Tulle sover
vist også. I dag er ellers en
mærkedag. For min mor
døde for *præcis* fire
måneder siden i dag.

Og i dag er en mærkedag fordi jeg blev
født for *præcis* 14 år siden i dag.
Men det kunne jeg nu egentlig
godt have undværet. I hvert
fald sådan som alting er
endt. Med en tosset tante Tulle,
en sovende far og en død mor.

Vi skal fejre mig med sushi. Det er min livret.
Det har min far lovet. Det var også mors livret.

Jeg savner min mor. Jeg savner Myredronningen
– min mor. Hvert øjeblik, savner jeg hende.

2. KAPITEL

OurBreak-VR

HELDIGVIS FOR mig findes *OurBreak*. Der er jeg meget inde. Specielt nu. *OurBreak* er virkelig populært. Alle på skolen bruger næsten kun det. Og, ja. Jeg har været der meget på det sidste.

Jeg har jo ikke været så meget i skole. Altså ikke før tante Tulle kom. Men jeg har alligevel kunnet følge med i det meste på grund af *OurBreak*. I hvad de andre har gang i, mener jeg.

Fordi de andre har været i skole om dagen, er jeg begyndt at komme nogle nye steder på *OurBreak*. Det er også fordi, lige inden mor døde, fik jeg et par *virtual reality*-briller af hende, som jeg kan bruge på *OurBreak*. Det hedder *OurBreak-VR*. Det er nyt. Det var en slags *afskeds-julegave* fra min mor.

Der er ikke så mange muligheder i *OurBreak-VR* endnu. Men der er et område, hvor man kan skabe sit eget univers, og gå på opdagelse i de andre brugeres verdener.

Man kan også spille nogle singleplayer spil, og der er også ét multiplayer spil, allerede, som er ret sjovt. Selvom jeg er rigtig dårlig til det.

Det er faktisk ligesom et slags fodboldspil, hvor man er fem spillere på hvert hold. Men man kan spille mod så mange hold, det skal være samtidigt. Det er en forskel, selvfølgelig, fra almindelig fodbold. For der er jo mange flere bolde. Men ellers er det nu, det samme – næsten da. Altså lige bortset fra at man løber, hopper, hætter og springer på stedet med sit headset på. Okay, jeg *er* ved at blive en bedre spiller. Men min avatar er bare ikke lige skabt til det.

På *OurBreak* hedder jeg *Myrekongens Datter* og jeg plejer bare at være sammen med de andre fra skolen. På dansk, selvfølgelig, det er det letteste. Men om formiddagen, før jeg startede i skole igen, talte jeg ofte engelsk, når jeg var inde i *OurBreak-VR,* mens de andre var i skole. Fordi det er ligesom om, at de andre brugere i *OurBreak-VR* mere kommer fra hele verden. Så vi taler engelsk. Det er det eneste. Det er lidt sværere, eller også er jeg bare lidt mere genert, fordi jeg ikke kender de andre så godt. Men de er virkelig, rigtig flinke.

Så selvom det sommetider hakker og *lagger*, er det alligevel rart at være inde i *OurBreak-VR*. Der kan jeg nemlig glemme alt, og bare skabe ting i mit univers, og spille bold med mit hold.

De andre på holdet har opdaget, at det er en fordel med en myre – som mig – på mål, fordi jeg har så mange arme. Jeg kan nemlig parere flere bolde på en gang, og det er smart, når vi spiller mod mange hold samtidigt.

Der er en på holdet, *Manas,* hedder han. Han er rigtig god. Han er en af de allerbedste i *OurBreak-VR* til fodbold. Han er en lynhurtig stor, sort ulv.

Jeg er meget sammen med Manas. Han kommer også med ind i mit univers. Der er vi tit. Vi snakker en del. Manas kan godt lide at se på det, jeg skaber. Han giver mig mange gode forslag og idéer. Det er ham, der har fundet på alle bjergene i det fjerne. Når vi er deroppe, i bjergene, er det ligesom at være hjemme, synes han.

Det sner deroppe på bjergenes top. Det er *også* Manas idé. Vi står nogle gange og ser på det. Når vi ser sneen stille dale ned, hvisker Manas: *"Hêdî, hêdî."*

Jeg aner ikke hvad det betyder. Men jeg kan høre han smiler, imens han siger det. Det lyder ret sødt, synes jeg. Så nu kalder vi bare bjergtoppene for *hêdî-hêdî*.

"Come with me to *hêdî-hêdî*, Manas!" siger jeg. Og, så ses vi der.

Jeg er glad for, jeg har mødt Manas. Vi griner næsten hele tiden, og vi taler om alt muligt. Mest om mig, egentlig. Manas er altså virkelig god til at lytte. Jeg tror, jeg var blevet skør, uden Manas til at tale med om min mors død. Han lytter. Men han siger også mange kloge ting, når vi taler om døden.

"Ja! At miste en man holder af, til døden, er som at miste selve livet," siger Manas for eksempel, når jeg fortæller ham, hvor meget jeg savner min mor. Så står vi der, på *hêdî-hêdî*, og kigger os omkring.

"*I love your universe, Ant King Daughter.* I din verden er der fred og helt stille. Der er steder i verden, hvor det er forbudt for unge mennesker at kysse hinanden på gaden. Bare fordi de ikke er mand og kone. Men det vigtige er faktisk ikke *hvem* man elsker. Det vigtige er *at* man elsker!" siger Manas roligt. Og jeg ser, med min ranglede *myre-avatars* glade øjne, på den store, sorte ulv i sneen ved min side.

14

"*Adskille stilheden, ved hjælp af læberne, dette kan være det rette sted at mødes,*" fortsætter Manas eftertænksomt, mens han langsomt vender sin snude mod mine to følehorn.

Jeg forstår det ikke helt.
"*What?*" spørger jeg.
"Nå, det er bare fra et kurdisk digt af en kvinde jeg har læst engang, *Choman Hardi,*" svarer Manas hurtigt. "Der er ikke vigtigt. Glem det bare. *Let it be, Ant King Daughter.*"

Han ser væk og spørger mig om vi skal samle holdet og spille bold.

Det er snart længe siden nu. Og selvom vi ikke har talt mere om det, tænker jeg stadig på, at Manas kan lide mit univers. Og på det med '*at adskille stilheden med læberne*'. Det er svært helt at glemme det.

Faktisk tænker jeg i det hele taget meget på ham.
Ham, Manas.

3. KAPITEL

Med Mona i klubben

JEG SIDDER sammen med Mona ved et rundt bord i ungdomsklubben. Mona har overtalt mig til at komme med.

Fed fredag står der med store malede bogstaver over sodavandsbaren, hvor Cruise står og hælder sodavand fra halvanden-liters-flasker op i de glade elevers genbrugskrus med navn på.

Når de har fået deres drinks, stiller eleverne sig i små grupper langs væggen og snakker lavmælt. Eller de sætter sig, som os, ved runde borde, imens de afventer aftenens program. Det er ikke første gang der er *fed fredag* og absolut heller ikke sidste. For det er nemlig altid rigtig sjovt. Det er sjovt, fordi de voksne altid gør sig umage for at overraske os med nye oplevelser. *Hver gang.*

Pædagogerne går nemlig selv så meget op i, at hver eneste *fed fredag* skal være endnu bedre end den forrige, at *det*, i sig selv, er grund nok til at dukke op til endnu en aften. Bare for at se, hvad de nu har fundet på.

Det er faktisk kun derfor jeg kommer. For at se, hvordan de voksne drøner rundt og prøver at overgå hinanden med godt humør og supergod stemning.

Denne gang er temaet *showdance*. Det er tydeligt at pædagogerne, og især Caroline, elsker det tema.

Mona er her kun på grund af Cruise i sodavands-baren. *Bartender-Cruise.*

Mona kan sidde hele aftenen og kigge på Cruise. Ja, egentlig bare sidde og se på ham hælde sodavand op uden at foretage sig noget som helst andet end det, hvis hun får lov. Det er ret irriterende. Men også lidt sødt på en måde.

Pædagogerne har nu ikke tænkt sig at nogen elever overhoved får lov til bare at sidde og kigge. Det store lysshow er sat op – og det skal bruges! De store højtalere er rullet frem, og de skal vise, hvad de dur til! Og de voksne har taget deres dansesko på. Så den skal vist bare have alt, hvad den kan trække!

Pædagog-Palle går i hvert fald midt ud på dansegulvet i sit dansetøj, med en mikrofon i hånden, og byder velkommen nu hvor alle er ved at have fået sodavand i genbrugskruset.

Vi har fået en billet med to numre, forklarer Palle.
Billetten kan vi bruge til at få *hele to* gratis sodavand.
Men de næste sodavand skal vi selv betale for via telefon
eller med *cool cash*. Cruise råber fra bag ved sodavands-
baren at der er *happy hour* den næste time. Så det hele
koster det halve. Palle spørger grinende i mikrofonen
om det inkluderer Cruise? Alle eleverne griner.

Mona sukker og ser drømmende på Cruise, mens Palle
fortsætter med aftenens program.

Om lidt vil Caroline lære dem der har lyst forskellige
moves, før vi skal have en *showdance-konkurrence* for
par. Caroline er selvfølgelig dommer.

Bagefter er der *limbo-konkurrence*. Præmien er en
professionel fodbold sponsoreret af Carolines onkel,
som ejer en sportsbutik.

"Det er da ærgerligt han ikke ejer en racerbilbutik,
så kunnen man vinde en *racerbil* i stedet. Eller en *lam-
peforretning ...*" råber Cruise grinende, imens Caroline
slår sig til hoved.

Den anden pædagog, Helle, skruer op for musikken, og
nogle af eleverne begynder straks at danse sammen med
de voksne.

Jeg drikker vand. Det er gratis. Men det er ikke derfor.
Jeg kan bare ikke så godt lide at drikke sodavand. Ikke i
en hel aften i hvert fald.

En af drengene drikker ret mange sodavand i baren. Det
bemærker jeg, fordi Mona bare sidder og nipper til sin
sodavand og kun ser mod sodavandsbaren. Og så gør jeg
det samme. Og jeg ser hele tiden drengen købe mere
sodavand. Det er nok fordi, der er *happy hour.*

Drengen bor næsten i baren. Han snakker hele tiden med
Cruise, som skænker sodavand i elevernes krus, og sætter
et kryds på de billetter, der endnu gælder som betaling.

Han ser sej ud, synes jeg, drengen. Jeg har ikke set ham
før. Han er vist ny i klubben. Jeg ved faktisk ikke, om der
er startet nye elever på skolen, her efter jul?
   ”Det der er Isaac. Han er lidt sindssyg men okay klog.
Isaacs far er skolens nye matematiklærer i stedet for Benny
Bo. *Han* er virkelig nederen, Zette!” Mona peger først på
drengen, så peger hun på siden af sit hoved og ryster på det.

Palle kommer smilende hen til mig i sit dansetøj. Han ser
sjov ud. Han sætter sig ned, i det Mona rejser sig for følge
efter Cruise som har forladt baren.

Cruise er gået ud på dansegulvet og *prøver* at lave nogle svedige moves sammen med Caroline. Mona stiller sig op ved siden af de andre, rundt om Caroline, så tæt på Cruise, som hun tør.

Caroline begynder storsmilende og engageret at instruere: ”Brug hofterne. Lad dem svinge meget mere. Nej, mere i en fast bevægelse, *Cruise*. Det skal passe til musikken! Ja, sådan der! Det ser godt ud Mona. Brug jeres lår og brug jeres arme. Jah, sådan ... 1-2-3-4!”

Alle på dansegulvet går totalt til den. ”Hey, I skal være i bevægelse, men I skal ikke svinge kroppen som sådan en maskine. Bevæg benene forskelligt!” opmuntrer Caroline eleverne. ”Mere sving i hofterne. Armene skal bevæge sig uafhængigt af hinanden. Venstre arm op, højre arm ud. Sådan. Det ser godt ud!”

Caroline er en, der hjælper de voksnes i klubben. Lige-som Cruise gør. Jeg tror, det er derfor Mona synes om Cruise. Fordi han altid har gang i noget, og går rundt og blander sig i alt muligt.

Jeg kan rigtig godt lide Caroline. Selvom hun *virkelig* holder af at bestemme, er hun sød mod alle.

Caroline hader, hvis den ene er dum over for den anden. Det vil hun ikke være med til. Så siger hun fra. Lige med det samme. Det kan jeg godt lide ved hende. Cruise er slet ikke så sød som Caroline. Det synes jeg i hvert fald ikke. Han tænker ikke på nogen andre mennesker. Kun på sig selv.

"Nej, nej, nej!" råber Caroline. "Du skal ikke gakke helt ud med dine lår og arme. Du ligner jo en tosse ... Følg rytmen."
Alle griner.
Det er Isaac, der er gået på dansegulvet. Han har vist fået *sukkerchok* af al den sodavand. Han pisker rundt om sig selv. Han hopper og springer og svinger vildt med arme og ben. Han ligner næsten mig, når jeg står på mål inde i *OurBreak-VR.*

Jeg kan ikke lade være med at grine. Det er første gang, nogen har fået mig til at grine udenfor *OurBreak,* i meget lang tid. Ja, det er godt nok længe siden, jeg har grinet, mærker jeg pludseligt. For der har ikke været meget at grine af.

"Det er rigtig godt at se dig her i klubben igen. Det er længe siden," siger Palle og ser venligt på mig. Jeg nikker. Jeg smågriner stadig over Isaacs underlige dans, men så bliver jeg igen alvorlig.

”Jeg har faktisk heller ikke være i skole længe,” siger jeg. ”Ikke efter min mors bisættelse og alt det der. Og så, fordi far ikke kan finde ud af at vække mig til tiden. Så det er først nu, efter at tante Tulle er flyttet hjem til os, at jeg er begyndt at gå i skole igen.”

Palle ser medfølende på mig. ”Hør, du skal bare sige, hvis du ikke vil tale om det, men hvordan går det egentligt derhjemme?” Han ser helt trist ud, da han fortsætter: ”Jeg kan godt huske, da *min* mor døde. Det er rigtig svært at holde humøret oppe. Det er ligesom om, der ikke er nogen mening med det hele. Har du det også sådan?”

Jeg siger ikke noget. Jeg sidder bare og ser på Palle, imens han snakker. Jeg ved ikke rigtig, om jeg har lyst til at tale med ham om det her. Palle er den første voksne, der har spurgt mig om, hvordan det går siden min mors død. Ja, faktisk er Palle den første *person* overhoved, som har spurgt mig, hvordan jeg har det. Ikke engang Mona har spurgt mig. Ikke direkte med ord i hvert fald.

Men jeg tror måske ikke rigtig, jeg har lyst til at dele mine følelser med Palle.
    ”Okay ...” siger jeg bare.
    ”Hm. Og, hvad med din far. Hvordan klarer han det

hele?" Palle ser spørgende på mig. "Det må virkelig være svært for ham at have mistet sin *Myredronning.* Jeg ved jo, de elskede hinanden højt, dine forældre."

"Ja, det går egentlig ikke så godt med min far," siger jeg og ser på Palle, som sidder roligt og lytter til mig.

Jeg ved ikke helt hvorfor, men jeg begynder pludseligt alligevel bare på at snakke. Så jeg fortæller Palle det hele. Jeg fortæller, at jeg ikke kan sove. At jeg ikke kan holde ud, at tante Tulle prøver at være der for mig og far, i stedet for min mor. Og, at jeg bare har været *så* ligeglad med det hele. I hvert fald indtil jeg mødte Manas på *OurBreak* inde i *OurBreak-VR,* fordi jeg synes, han er ret speciel. Og, ja. Sådan ret sød, faktisk.

Jeg fortæller også sandheden om min far. Jeg siger at han bare ligger og sover hele tiden – både nat og dag. Og, at jeg nok er lidt urolig for ham. Jeg er egentlig også ret sur på ham, fordi han bare har opgivet det hele.

Jeg kan mærke en klump i halsen, da jeg tænker på min far, der bare ligger derhjemme i sengen, som om han *også* var død – som en død myre!

Palle ser tankefuld ud, men han siger ingenting, mens jeg taler.

24

Jeg siger til Palle, at jeg vist ikke kan gøre min far
glad igen. At jeg næsten bare har opgivet ham.
På sammen måde som min far vist helt
har opgivet sit eget liv lige nu.

Palle klør sig lidt i skægget,
imens han ser frem for sig.

Så lyser han op i et stort smil
imens han siger: ”Jeg tror måske,
jeg ved, hvordan jeg kan få din
far på højkant igen. Overlad
du blot det til mig, Lizette!”

4. KAPITEL

Aktion er lig reaktion

HELLE STÅR under *fed fredag*-skiltet ved siden af Cruise, der er tilbage bag sodavandsbaren. Helle skruer ned for musikken og ser sig omkring.

"Det er tid til dansekonkurrencen," råber hun ind i mikrofonen. Så vi skal finde os en dansepartner.

Palle rejser sig og slår ud med armen, mens han ser på mig. "Skal du ikke være med?" spørger han. Jeg ryster bare på hoved, mens Palle går ud på dansegulvet.

Helle og Cruise skruer under stor morskab endnu højere op for musikken end før. Isaac kommer hen til bordet, hvor jeg sidder.

"Mojn! Jeg er Isaac, og du er sød!" griner han. Han er vist i super humør.

"Vi to skal vinde konkurrencen. Og med mit talent, kan det ikke gå galt."

Jeg siger først nej tak. Mona råber, at jeg skal tage mig samme. Hun står allerede med Cruise i hånden.

Mona er lykkelig over at være Cruises dansepartner. Og, jeg synes faktisk han virker lidt interessant, ham Isaac, med sin smarte frisure. Måske bliver han ved med at få mig til at grine. Hvis han virkelig er så sjov.

"Så, okay. Du får en chance!" smiler jeg til ham. Isaac laver selvtilfreds en *dansemoves-meme* til svar, inden han skrålende hiver mig ud på dansegulvet.
    "Hvad hedder du?" råber Isaac, mens vi danser.
    "Myrekongens datter," ryger det bare ud af mig, måske fordi jeg har det skægt. Lidt ligesom jeg har det inde i *Our-Break-VR* med Manas. Isaac ser kort uforstående på mig. Så trækker han bare på skuldrene og drejer rundt om sig selv i høj fart, inden han, hurtigt som et lyn, griber min arm og også svinger *mig* rundt om mig selv. Det snurrer i hele min krop. Han danser vist alligevel ret godt, ham Isaac.

Det ender faktisk med, at vi vinder konkurrencen. Eller mere præcist at Isaac vinder den konkurrence. Caroline lader i hvert fald til at være ret begejstret for Isaacs moves. Og hun kan vist også godt lide ham som person.

Da vi har vundet, spørger Isaac, nærmest ud af det blå, om vi skal være *kærester?* Eller egentlig råber han bare i mikrofonen, at vi nu *er* kærester, Isaac og jeg.

Alle klapper og jeg tænker: "Hm, okay." Og så er vi vel kærester.

Jeg er på en måde lidt smigret over at blive kærester med Isaac. Han er populær, og Caroline synes vist godt om ham. Og hun plejer at være ret god til at gennemskue andre mennesker. Så hvorfor egentlig ikke? Jeg kan vel godt prøve, selvom det går lidt hurtigt.

Jeg kan se Mona bliver rigtig glad på mine vegne, da Isaac kommer hen og tager min hånd med et skævt smil.

Nu er det tid til *limbo-konkurrencen*. Helle holder igen om mikrofonen.

"Det gælder om at danse så lavt man kan i limbo," råber hun. "Palle og jeg holder i hver sin ende af det her kosteskaft, og så danser I bare efter hinanden ind under det ... Og forkroppen skal vendt op imod kosteskaftet."

"Jah! *How low can you go?*" råber Palle med den ene hånd som tragt for munden. I den anden hånd holder han kosteskaftet. Heldigvis uden selve kosten. Altså den del med hårene. Den har de dog skruet af.

"Vi sænker kosteskaftet for hver gang I er kommet under. Og den sidste der er tilbage vinder! Er det forstået?" fortsætter Helle, mens alle stiller sig op på en række.

Isaac starter efterfulgt af Cruise. Så kommer Caroline og Mona. Derefter kommer nogle af de andre.

Der er to piger fra Syrien, tror jeg nok. Jeg står bag den ene, *Sanam*. Hun er en pige fra parallelklassen som hverken Mona eller jeg snakker med. Vi kender hende faktisk ikke særlig godt, selvom hun har gået på skolen i et par år. Hun kommer ikke så tit i skole. Det er i hvert fald ikke hver dag, hun er der. Før gik hun i modtageklassen. Og, jo. Jeg tror nu nok, hun er fra Syrien. Sanam er rigtig god til limbo viser det sig. Hun er ikke særlig stor. Hun er lille og smidig.

Jeg er hurtigt ude af konkurrencen. Jeg falder på ryggen, lige så lang jeg er, allerede i tredje omgang. Jeg føler mig lidt som min avatar i *OurBreak-VR*. Det vil sige, som en ranglet myre. Mona går også hurtigt ud af konkurrencen. Det er okay, synes hun. Alle griner og klapper.

Isaac er åbenbart både god til at danse og til limbo. Han har i hvert fald endnu ingen problemer. Hver gang han kommer godt forbi kosteskaftet, gør han et kæmpe nummer ud af det. Han laver en perfekt *high five* med Cruise, og sender fingerkys i min retning. Jeg står ved siden af Mona og klapper ivrigt.

Mona har kun øje for Cruise. Sådan har jeg det slet ikke med Isaac. Det kan jeg mærke allerede nu. Han er lidt for heftig. Så jeg ser lige interesseret på alle, der er med i konkurrencen.

Til sidst er der kun to tilbage, Isaac og Sanam. Jeg kan ikke rigtig høre det for musikken, men det lyder næsten, som om Sanam råber: *"Hêdî, hêdî"* til de voksne, når de sænker kosteskaftet.

"Ja, helt roligt!" siger den anden syriske pige til Helle, mens hun klapper ad Sanam.

"Rekorden her i klubben er på kun 60 cm, og der er vi nu!" råber Palle.

"Det kan jeg da sagtens slå," svarer Isaac hurtig. Men det er nu Sanam, som vinder konkurrencen, for Isaac falder ned, med ryggen på gulvet, lige bagefter.

Nej, hvor bliver Isaac sur. Højt råber han op om, at Helle holdt kosteskaftet skævt med vilje, og det bare er så snyd! Palle siger, at Isaac skal tage det roligt. Men Isaac griber fat i kosteskaftet. Han begynder at svinge med det.

Caroline kommer med fodbold-præmien fra sin onkels sportsbutik, som Sanam skal have. Men Isaac er så sur, at han slår bolden ud af hænderne på Caroline. Han rammer også Helle med kosteskaftet. Så Palle bliver nødt til at tage det fra ham, og bede Isaac gå med udenfor og køle af.

De går. Isaac smækker døren hårdt i, mens Caroline giver Sanam fodbolden. Den lader hun til at blive glad for. Sanam smiler og takker mange gange for bolden. Og så er *fed fredag* sådan set forbi for i aften.

Jeg går ud for at tale med Isaac. Jeg finder ham ude i skolegården sammen med Palle.

"Okay," siger Palle, "så regner jeg med, at det er en aftale, Isaac." Han går indenfor til Helle, idet jeg når hen til dem.

"Det er godt nok irriterende at blive slået ud af en pige. Og så endda en af dem," siger Isaac surt.

Han virker helt seriøs, men jeg har alligevel svært ved at tro, at han mener det, han siger alvorligt. Jeg lader bare som om, jeg synes det er lidt sjovt. Så jeg smiler blot en smule og prøver at tage hans hånd, fordi vi jo er kærester. Men det føles ikke rigtigt, og Isaac hiver hurtigt hånden til sig.

Sanam og hendes veninde kommer ud i skolegården. De begynder straks at sparke fodbolden til hinanden. Sanam sparker bolden helt hen på skoleporten, i den anden ende af skolegården, som ofte bruges som et fodboldmål. Bolden rammer hårdt og bliver slået præcist tilbage foran venindens fødder. Hun skal lige til at sparke den til Sanam, som vinker efter bolden, men pludseligt løber Isaac frem, som trold af en æske.

Isaac snupper bolden fra veninden. Men før nogen har set sig om, dribler Sanam bolden fra Isaac. Hun løber igen væk med den. Det er næsten som at se på Manas i *Our-Break-VR*, og jeg bliver vildt imponeret af Sanam. Isaac sætter hurtigt efter Sanam. Han skubber hende i ryggen, så hun falder på asfalten, mens han snupper bolden. Jeg løber hen til dem, sammen med Sanams veninde.

Sanam er hurtigt kommet på benene, men Isaac holder bolden ud i strakt arm højt hævet over Sanams hoved.
   ”Kender du Newtons første lov?” spørger han spydigt.
   ”Giv Sanam hendes bold igen, Isaac,” beder jeg ham.

Rundt om os stimler de folk sammen, som endnu ikke er gået hjem fra *fed fredag*. Helle og Palle er begge inde og rydde væk sammen med Caroline og Cruise.
   ”Newtons første lov,” siger Isaac højt, ”... en bold bliver ved med at flyve opad, hvis man sparker til den.” Og så sparker Isaac Sanams bold højt op på skolens tag, hvor

den bliver liggende midt på taget. Isaac smiler tilfreds og tilføjer: "... indtil bolden ligger stille!"

Sanam og hendes veninde ser vredt på Isaac, vender sig, og går deres vej. De andre begynder også at gå. Jeg står sammen med Mona og ser bebrejdende på Isaac.

"Nej, hvor er du åndssvag," siger jeg. Det ryger bare ud af munden på mig. Isaac ser helt overrasket ud.

"Hvad snakker du om. Hun fortjente det. Hun kan ikke bare komme her og tage min bold," forsøger han. Men så bliver jeg altså sur på ham. "Ved du hvad, det var dig, der tog Sanams bold, Isaac. Du er slet ikke, som jeg håbede, du var." Mona nikker og vender øjnene opad. "Jeg sagde det jo. Han er sindssyg!"

Jeg ser fra den ene til den anden og sukker dybt. "Øv, jeg har altså nok nedtur i mit liv lige nu. Jeg har virkelig ikke brug for en åndssvag kæreste også! Jeg slår op, Isaac. Beklager. Du er ikke særligt rar. Du er *ikke* rigtig for mig. Vi passer bare ikke sammen." Jeg slår ud med armene og går min vej.

Isaac tager først et par skridt i retning af mig, men tøver, stopper så tungt op.

”Den gensidige tiltrækning mellem to legemer afhænger
af den indbyrdes afstand ...” mumler han opgivende.

Mona ryster sigende på hovedet.

”Kender du egentlig Newtons *tredje lov*? ... *Aktion* er
lig *reaktion!*” råber hun til Isaac, imens hun løber efter mig
gennem skolegården.

Da hun indhenter mig, vender hun sig om og råber atter
til ham: ”Så tænk lige på det, og opfør dig ordentligt i
fremtiden!”

”Tiden er *relativ!*” råber Isaac efter et øjeblik tilbage,
inden han hujende løber hen til Cruise, som netop
kommer ud fra ungdomsklubben sammen
med Caroline. Men da er Mona
og jeg for længst gået videre.

5. KAPITEL

Tante Tulle taler ud

JEG GÅR direkte hjem efter at have slået op med Isaac. Jeg har seriøst ikke lyst til at tænke mere på ham, eller på, hvor overrasket han så ud, da jeg slog op. Det ville have været meget nemmere, hvis jeg bare havde sendt ham en besked. Ja, jeg skulle bare have gjort det hjemmefra og så hurtigt smide telefonen ud gennem vinduet. Men det gjorde jeg ikke, og nu ser jeg hele tiden hans sårede ansigt for mig.

Jeg trasker ind på mit værelse, vælter om på sengen og hiver puden godt ned over hoved. Jeg orker bare ikke mere! Tante Tulle kommer ind. Jeg sukker højt. Jeg orker ikke tante Tulle!

"Er der noget galt Zette?" spørger hun.

"Nej," brummer jeg under puden. "Jeg vil bare gerne være lidt alene."

Men tante Tulle går ikke, tror jeg. Jeg kigger frem fra under puden. Og den er god nok; hun står der endnu.

Hun ser på mig. Hun har det der lille smil på læberne.

Med et ømt blik kigger hun ned på mig og siger stille:
"Du minder mig meget om din mor, Zette. Hun gemte
sig også under puden, da vi var små, når hun var i dårligt
humør. Hvad er der galt, er der sket noget?"

Jeg er lige ved at bede hende om at gå sin vej. Måske er det
fordi, hun synes, jeg ligner mor, at jeg ikke gør det. Måske
er det, fordi hun er det tætteste, jeg kommer på min mor,
fordi hun har kendt min mor hele livet. Ja, faktisk meget
længere, end jeg har. Jeg har aldrig tænkt på tante Tulle på
den måde før. Som et menneske, som rent faktisk *kender*
min mor lige så godt, som jeg selv gør. Eller gjorde, altså.

Jeg sætter mig op i sengen og læner ryggen mod væggen.
Tante Tulle sætter sig på sengekanten.
    "Vil du tale om det?" spørger hun.
    Jeg har mest lyst til at græde. Men det kan jeg ikke. Jeg
har slet ikke grædt, efter jeg mistede min mor. *Det* kan jeg
altså ikke. Heller ikke selvom jeg gerne vil.

"Det er bare fordi," siger jeg. "Altså, det blev lidt underligt
det hele. Med Isaac – det er en ny dreng i klubben – mener
jeg ... Først syntes jeg, han var rigtig, sådan, spændende og
anderledes. På en sej måde. Det kunne jeg godt lide. Han
gør bare, hvad han vil, når han vil. Det er ligesom om, han

selv synes, at han har ret i alting. Både i det han gør og i det, han siger. Også, når han slet ikke *har* ret. Så er det ligesom, han bare er ligeglad og stadig selv synes, han har ret ... Ja, det kunnen jeg jo godt lide ved ham i starten ... Og så spurgte han, om vi skulle være kærester. Eller han spurgte egentlig ikke. Pludselig var vi bare kærester. Det sagde han, i hvert fald, til de andre. Så prøvede jeg det lige. Men det gik ikke rigtigt. Vi passede ikke sammen, tante Tulle, så jeg slog altså op med ham."

Jeg ser på hende og håber, at hun vil nikke og forstå. Men tante Tulle kigger bare på mig. Så siger hun: "Ved du hvad, Zette? Sådan er livet bare. Man prøver og nogle gange går det ikke. Det er ikke noget at undskylde. Og egentlig er det ikke noget at være ked af, heller. Dur det ikke, så skal man bare se at komme videre med sit liv."

Jeg spærrer øjnene op. Okay, sådan havde jeg ikke lige tænkt på det.

"Han lyder, helt ærligt, lidt opblæst ham der Isaac. Godt for dig, Zette! Jeg slog selv en gang op med en fyr, selvom jeg var helt vild med ham. Og han var endda en rigtig sød fyr. Slet ikke som ham den selvglade type du taler om. Alligevel var det nødvendigt at gøre det forbi. For selvom jeg elskede ham eller, måske nok, *fordi* jeg elskede ham, var han ikke den rette for mig. Ikke på det tidspunkt. For jeg var nødt til at fokusere på min karriere. Jeg ville jo blive til noget inden for musikken. Og det er jeg jo også blevet. Jeg kunne ikke tillade mig at bruge min tid på at gå og være forelsket. Det var ikke, fordi der var noget galt med ham. Slet ikke. Det var, fordi jeg ikke kunne dele mit liv med nogen, for jeg havde ikke noget at dele ud af endnu. Ikke dengang."

Jeg kigger mistroisk på tante Tulle. Hvor kom alt det lige fra? Har tante Tulle virkelig haft en kæreste. En som hun elskede? I al den tid jeg kan huske, har hun været single. Hvem var mon han, og hvor er han mon nu?

Tante Tulle ser på mig med sit lille smil, som kan hun læse mine tanker.

"Ja, du kan vel egentlig lige så godt få det at vide, Zette. Jeg var engang kæreste med Palle, ham pædagogen i din ungdomsklub."

"*What!?*" Det har jeg aldrig hørt noget om før.

"Ja, vi var kærester dengang vi spillede i *Myretuen* sammen. Det var derfor, vi stoppede bandet. Fordi jeg slog op med Palle. Det kunne han slet ikke klare. Du skulle have set, hvor ked af det han blev. Det er derfor, jeg aldrig har fået en anden kæreste. Jeg blev bare helt kold inden i, da jeg så ham så trist. Jeg syntes, jeg var virkelig ond, men det var jeg ikke, for det fungerede ikke mellem os, Zette! *Selvom* jeg elskede ham. Det er derfor, jeg siger, du ikke skal undskylde noget. Hvis det ikke går, skal du ikke spilde tiden på at sørge over det, du ikke kan gøre noget ved. Tro mig, det har jeg gjort. Alt for længe. Du skal bare se at komme videre med livet ... Nå, men du ville vist gerne være alene." Tante Tulle smiler sit lille smil og smutter hurtigt ud af mit værelse.

Selvom det er lidt svært at forestille sig tante Tulle og Palle som kærester, kan jeg mærke at det alligevel hjælper lidt. Alt det hun har sagt. Det er ligesom, jeg bliver en lille smule gladere.

Jeg logger direkte ind i *OurBreak-VR*. Jeg har ikke lyst til at snakke med nogen fra skolen. Jeg har brug for at tale med Manas, kan jeg mærke. Heldigvis går der ikke længe før han er online.

Manas har altid haft en dårlig mikrofon. Hvis det ikke var, fordi han er en stor ulv, og engang selv har fortalt mig, at han er en dreng, ville det ikke være til at høre, om Manas er en dreng eller en pige. Men Manas er altså en dreng med en lys stemme. Lidt ligesom i den gamle tegnefilm med Mowgli. Det har jeg altid forestillet mig.

Sjovt nok har Manas også været ude og danse her til aften, så vidt jeg forstår. Men det er selvfølgelig også fredag over hele verden i dag.

"*Me too!*" siger jeg alligevel overrasket. Jeg siger ikke, at jeg bare var til *fed fredag* i ungdomsklubben på min skole.

Vi får fat i de andre fra holdet og spiller nogle kampe. Manas er, om muligt, endnu bedre, end han plejer.

Jeg kan ikke lade være med at fortælle Manas om Isaac, og hvor åndssvag han var overfor Sanam. Af en eller anden grund fortæller jeg ikke, at Isaac og jeg har været kærester. Det var jo *kun* i et par timer og helt klart en fejltagelse. Det betød ingenting. Tværtimod kommer jeg til at sige til Manas, at jeg synes, han er rigtig sød, og at en pige, som får en kæreste som ham, er meget heldig. Det er vist ikke så smart sagt, for af en eller anden grund, lyder Manas pludseligt lidt underlig. Han siger, at han er nødt til at smutte nu. Og så er Manas væk, inden jeg når at svare.

Er alle drenge da blevet vanvittige i aften, eller er det bare hele mit liv, der er det?

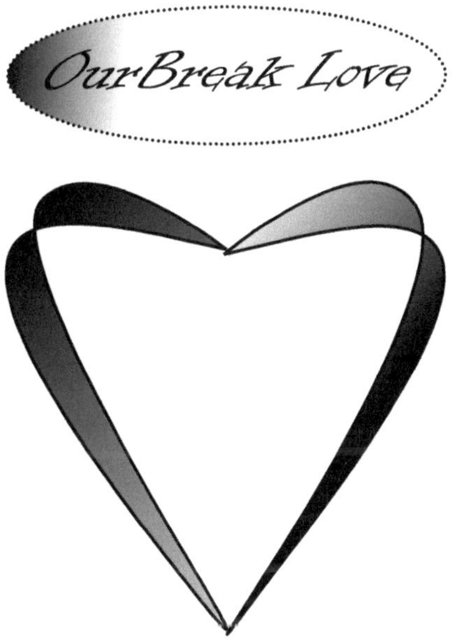

OurBreak Love
The Musical!

6. KAPITEL

I Myrekongens tue

PALLE RINGER på dørtelefonen hos Myrekongen præcis klokken ti om formiddagen. Han møder først i klubben klokken elleve. Palle har lovet Lizette at få hendes far på højkant igen, og han har muligvis lige metoden til at lykkes med det. For han har fået en idé. Eller rettere; det er Lizette, som har givet ham en god idé til *fed fredag*. Og nu vil han tale med Myrekongen om den idé.

Palle ved godt, det kræver overtagelse, men han ved også godt, at han har en chance for at lykkes. I hvert fald hvis han forklarer, at idéen også vil hjælpe på Lizettes humør. Ikke kun på hendes fars. Der er bare et problem; der er ingen, der lukker op.

Paller ringer på flere gange. Han trykker længe på knappen, men intet sker. Selvom det ikke ligner Palle, er han lige ved at opgive. Han står og overvejer, om han mon skal komme igen i aften, når han er færdig i klubben, i stedet, da der pludseligt bliver svaret fra dørtelefonen.

Det er godt nok ikke Myrekongens stemme, som svarer. Men derimod en kvindestemme. Og endda en køn en, synes Palle. Han går meget op i menneskers stemmer. Det har han altid gjort. Egentlig skyldes det nok tiden, fra før han blev pædagog, fra dengang han spillede i bandet. Han spillede guitar i *Myretuen*. Palle smiler for sig selv ved tanken om tiden i bandet. Det var en super fed tid med mange gode oplevelser.

"*Hallo*" lyder det igen fra dørtelefonen.

"Ja, undskyld ..." siger Palle. Han gør sig umage for at tale tydeligt, og gør sin stemme en smule dybere end han plejer, og end den naturligt er. Den lyder lidt mere mandig, synes han. Palle ved ikke hvorfor, men han bliver pludselig nervøs for at tale til kvinden med den smukke stemme i den anden ende. Han rømmer sig og fortsætter: "Det er Palle. Jeg er en gammel ven af Myrekongen. Øh, jeg mener Christoffer. Vi spillede i band sammen engang for længe siden," siger Palle. Der går et lille stykke tid. Så svarer kvinden: "... Ja, øjeblik. Jeg lukker dig ind." Mens Palle løber op i trappeopgangen, tænker han på stemmen i dørtelefonen. Den lød bekendt på en eller anden måde.

Døren står på klem. Palle stikker hoved ind i lejligheden, som han ikke har besøgt i hundrede år, føles det.

”Mojn!” råber han.

”Gå bare ind i stuen. Jeg kommer om et øjeblik. Jeg var lige i bad, da du ringede på. Så jeg skal lige gøre mig klar.” Kvinden svarer fra et værelse et sted i lejligheden.

”Okay,” siger Palle, mens han går ind i stuen. Kvinden må vel være den tante Tulle som Lizette talte om til *fed fredag*. Hende kender Palle ikke. Men stemmen virker nu bekendt på en eller anden måde. På en virkelig *rar* måde.

I det kvinden træder ind i stuen og Palle vender sig om for at hilse på Lizettes tante – og han indånder hendes dejlige duft – går det op for ham, hvem tante Tulle er.

Palle står som lammet og kigger på hende. Han ser lige ind i øjnene på den smukkeste kvinde, han nogensinde i hele sit liv har set. En kvinde han engang elskede, og siden hadede, da hun slog op med ham. En kvinde han aldrig har glemt og som han stadig er helt vildt forelsket i. Det kan han mærke nu. Blodet dunker så kraftigt rundt i hele hans krop, at han er lige ved at besvime.

”Mathilde!” fremstammer Palle og mærker, hvordan al blodet pludseligt strømmer ham til hovedet og gør hans kinder ganske røde.

"Hej Palle. Det er længe siden ..." siger kvinden med et lille smil. "Det er godt at se dig."

"Mathilde eller altså; *tante Tulle* ... Jeg er her for at tale med Christoffer," svarer Palle, som har genvundet fatningen. Han har besluttet at lade fortid være fortid. For Palle bærer ikke nag længere. Men han vil helst ikke tale alt for meget med Mathilde, for han kan mærke at han stadig har stærke følelser for hende. Det kan meget let blive noget rod. Han er her for at hjælpe Lizette med at få hendes far i bedre humør. Det er det eneste, der betyder noget lige nu.

Tante Tulle skal lige til at svare Palle, da de hører en svag lyd inde fra soveværelset. Det er en lille stemme. Stemmen kommer ud af Myrekongens mund. Den lyder så skrøbelig, som Palle aldrig troede det muligt for den at lyde. Palle mindes Myrekongens stemme, som den lød, dengang *Myretuen* turnerede rundt på landevejen og gav koncerter over hele landet på små og store spillesteder.

Da var der saft og kraft i den stemme. Dengang, da Myrekongen var forsanger i bandet. De var virkelig populære dengang. Lizettes mor, Myredronningen, sang også og spillede bas, og Mathilde, nå ja, altså; tante Tulle spillede trommer. Palle spillede på el-guitar. *Myretuen* bestod af de fire. I flere år var de sammen.

Så gik Mathilde solo og både Palle og Lizettes forældre
flyttede til Als for at arbejde på en efterskole. Det var inden
Palle fik jobbet i ungdomsklubben. Palle overvældes helt af
gammel mands minder.

De mødtes alle for første gang i det sidste årtusind i *Amager
Totalteater.* Det var der, det hele begyndte. I en sommer-
ferie på Kastrup Fortet, hvor de sov i telt sammen og spillede
musik om aftenen i musicalen. *Skønne tider!* Og det er netop
de skønne tider, Palle gerne vil tale med Myrekongen om.

"Kom herind Palle," lyder det igen ganske
svagt fra soveværelset ved siden af stuen.
   Palle ser kort på sin forhenværende
store kærlighed, før han går forbi
hende ud af stuen og ind til
Myrekongen.

Tante Tulle står alene tilbage
med et lille smil om munden.
   "Altid har hun det der
lille smil på læberne,"
tænker Palle
betaget.

7. KAPITEL

Als Totalteater

NÆSTE DAG i klubben er Palle i strålende humør. Han synes selv, han og Helle har fået en rigtig fin ide. De vil nemlig gerne have, at ungdomsklubben laver en musical-forestilling med skuespil, dans, sang og flotte kostumer.

"Så, vi skal alle sammen være med. Vi skal bare i gang med at øve i klubben hver gang fra nu af," siger Helle overtalende.

Klubben har fået lov af skolen til, at vi kan bruge den sidste uge inden sommerferien til at vise forestillingen for alle elever, forældre og helt almindelige mennesker fra byen.

"Vi skal spille tre forestillinger i skolens store cirkus-telt, som bliver stillet op på boldbanen. Og så sover vi hele ugen i en teltlejr ved cirkusteltet. Hvis I altså får lov hjemmefra," siger Palle.

Mona vender øjnene opad, som hun har for vane, når noget er indlysende og siger højt: "Glem det. Det får jeg aldrig lov til. Ikke hvis der også er drenge med."

Palle slår armene ud: "Selvfølgelig er der drenge med."

"Kan vi så ikke få nogle andre drenge end dem her, Palle?" råber en pige.

Alle piger griner. Helle griner også. "Bare vi kunne. Der bliver et sovetelt til pigerne og et til drengene. Palle og jeg sover i vores eget telt. Vi spiser morgenmad, frokost og aftensmad sammen, forhåbentlig udenfor ved et langbord i teltlejren, hvis vejret er til det. Det bliver ligesom en lejrtur – bare billigere for ungdomsklubben." siger Helle og sender Palle et sigende blik.

"Helt sikkert. Vi laver mad i skolekøkkenet og tager bad i omklædningsrummet. Piger og drenge hver for sig som altid. Ligesom det plejer at være," siger Palle.

Helle ser ned på Mona, mens Palle taler. Mona spidser munden, som om hun tænker over sagen. Men så røster hun på hoved. Nej, det kommer ikke til at ske. Det får hun aldrig lov til. Det ved hun allerede nu.

Helle siger: "De af jer, der ikke må sove i teltlejren, møder bare op til normal skoletid. Vi spiller forestillinger onsdag kl. 19, torsdag kl. 16 og fredag kl. 18. Så har næsten alle forældre en chance for at komme med. I får en seddel med hjem i dag. Nogen spørgsmål?"

"Kan man egentlig ikke få virus af at sove i samme telt?" spørger Mona.

"Altså, jeg tror ikke man får virus lige for tiden. Ikke

mere i et telt end her i klubben, i hvert fald." svarer Helle.

"Det lyder da lidt fjollet, det der med en teltlejr." bliver Mona ved og ser på mig.

"Faktisk er det jo din idé, Palle. For du har prøvet det før, ikk' oss' da?" siger Helle og sender den videre til Palle, som nikker energisk.

"Jo, Helle. Jeg prøvede det selv, da jeg var cirka på jeres alder i *Amager Totalteater*. Det var super fedt. Vildt sjovt!"

"Jeg *vidste* bare du er fra København, Palle," afbryder Mona højt.

"Min kusine bor på Amager. Hun er også med i Amager Totalteater," råber en eller anden dreng.

"Nej, det tror jeg nu ikke Frede. Det er jo nok snart hundrede år siden," siger Palle smilende. "Men hold da op, hvor var det *nice*!" Han ser drømmende på Helle, som klemmer hans arm med et lille nik.

"Jo, det *er* altså Amager Totalteater, hun er med i, for det er genopstået," bliver drengen ved. "Jeg har selv set min kusine spille med i en forestilling. Det var total episk!"

Palle peger begejstret på drengen og siger: "Ja, det har du i hvert fald ret i, Frede. Det *var* episk!"

"Palle og jeg er ved at skrive historien," siger Helle.

"Ja, den hedder *'OurBreak Love'*. Jeg har skrevet et par rigtig fede sange, hvis jeg selv skal sige det. Og bare rolig;

der er *endnu* flere på vej," Palle storsmiler og kigger rundt på os alle – en efter en – mens han taler.

"Andre spørgsmål?" siger Helle.

"Ja, Helle, hvor er du så fra?" spørger Mona for sjov.

"*Yo, jeg' fra havnen!*" Helle smiler bredt og laver et slags håndtegn-agtigt move med hånden.

"I ved Danmarks Amsterdam."

Ingen siger noget. Alle ser bare på Helle.

"Nej, okay. Glem det. Jeg er fra Hørup." siger Helle og ser på Mona.

"Sjovt! Helle fra Hørup," siger Mona og ser på mig, mens jeg ser på Cruise, fordi han spørger hvad stykket egentlig handler om? Cruise er vist lidt sur over, at han ikke har hørt noget som helst om en forestilling. Palle plejer ellers altid at snakke med Cruise om det, vi skal lave i ungdomsklubben.

"Yes! Rigtigt godt spørgsmål Cruise," siger Helle højt og opmuntrende.

"Altså handlingen er, at den nye pige i klassen bliver meget forelsket i *en anden pige* i klassen, som er helt vildt sød," tager Palle over. "Den anden pige er *minoritetsetnisk* dansker. Det er en dansker med *udenlands* baggrund," forklarer han højtideligt.

"Ja ... Og *den nye pige* i klassen er bange for, at pigen med tørklædet ikke vil være kæreste med hende, og hvad de voksne vil sige, hvis de faktisk bliver kærester," fortsætter Helle.

"De to piger begynder at hænge ud på *OurBreak* i et nyt sted med *virtual reality*. Altså et sted, hvor man kan mødes i 3D," siger Palle meget begejstret.

Jeg kigger på Palle og stivner helt. Jeg har stærkt på fornemmelsen, at det er mig, der har givet Palle idéen til forestillingen dengang til *fed fredag,* hvor jeg fortalte ham om *OurBreak* og Manas.

"Det hedder *OurBreak-VR*," råber drengen fra før. "Det er mega cool. Jeg har prøvet det ... *Hey*, Palle, skal vi så ikke kalde os *Als Totalteater*?" foreslår han.

"Jo, fedt Frede!" Palle nikker. "*Als Totalteater,* det lyder godt, synes jeg," siger han og ser på Helle. Helle nikker også svagt.

"Vi hænger *bungy jump*-elastikker op i cirkusteltet. Så kan I hoppe rundt i et *virtual reality-3D-univers,*" forklarer hun.

Okay, nu er jeg *sikker.* Palle vil bruge det, jeg har fortalt ham i musicalen. Selvom Manas ikke er en pige, naturligvis. Så måske er det ikke helt det samme alligevel. Men det føles nu mærkeligt.

"Jeg har skrevet en total fed titelsang. Den hedder 'Our-Break Love' ... Prøv at høre, jeg vil lige slippe den løs og spille lidt af den for jer nu."

Palle tager sin guitar frem. Men Helle stopper ham.

Mona og jeg ser lettet på hinanden. Mona er ikke vild med Palles sangstemme, og jeg forstår hende godt. Palles *sange* er egentlig ret gode, men ikke hans *sang*. Hvis jeg skal være ærlig, så spiller han godt guitar, men han synger rigtig dårligt. Han har ikke en tone i livet.

Helle siger at vi måske først skal snakke om, hvem der skal spille de forskellige roller. Det er Palle enig i. Så kan vi høre alle sangene til forestillingen senere, for han har, som sagt, allerede skrevet mange af dem, siger han.

"Nu skal I høre," siger Helle. "Vi vil gerne have, at du spiller den nye elev i klassen". Helle peger direkte på mig.

"Ret mærkeligt at få sit eget liv præsenteret på den måde," tænker jeg. Jeg kan ikke lade være med at krumme tæer. Det er godt nok frækt. Det er nok derfor, jeg skal spille den nye elev. Fordi historien bygger på mit liv. På en måde. Egentlig synes jeg nu, det er en meget okay historie. Det lyder rimelig sjovt. Palle ser nysgerrigt på mig. Han ånder lettet op, da jeg ikke protesterer.

"Og du Mona, du skal selvfølge spille pigen med tørklædet. Du går jo allerede med tørklæde." Helle slår ud med armene for at vise, hvor indlysende det er.

"Ja, og du synger virkelig godt," siger Palle med et kæmpe smil. Og det er rigtig. Mona synger fantastisk. Men Mona smiler ikke, kan jeg se. Hun har fået det der tik ved øjenbrynet, som hun får, når hun er ved at blive vred. Det der tik, der får hendes øjenbryn til at hoppe hurtigt op og ned, mens hun overvejer, hvordan hun skal reagere. Mona er nemlig meget bedre end mig til at styre sine følelser. Det er også derfor, hun fx vender øjnene opad, når noget er dumt eller helt umuligt. Så behøver hun ikke hidse sig op, som jeg gør. Og når hun bliver sur, springer hun ikke i luften, som jeg tit kommer til. Hun tænker mere over tingene, end jeg gør.

Mona ser på Helle med et fast blik og siger roligt men bestemt: "Jeg vil ikke spille den muslimske pige med tørklæde, bare fordi jeg selv er en pige, som går med tørklæde."

Helle lader til at forstå det, men Palle har svært ved at acceptere Monas beslutning.

"Men Mona, du synger så supergodt, og det bliver jo mest ægte, hvis det er dig, der spiller pigen med tørklædet," siger han overdrevet venligt.

Helle ser på ham.

"Mona har ikke lyst, Palle. Det må vi respektere. Måske kan hun synge for i bandet i stedet, når skuespillerne ikke selv synger?"

Det synes både Mona og Palle er en helt fin idé. Men

hvem skal så spille pigen med tørklædet. Hende som min rolle bliver forelsket i? De voksne tænker sig lidt om.

"Jeg kan godt spille pigen med tørklædet". Det er Sanam der taler. Vi ser alle overrasket på hende.

Siden sidste *fed fredag* har Sanam været i skole hver eneste dag. Hun er virkelig en meget smuk pige. Jeg har faktisk altid været lidt genert for at tale med hende, fordi hun er så køn. Jeg tror, det er derfor, hverken Mona eller jeg har talt med hende før i tiden.

Det eneste jeg egentlig ved om Sanam er, at hun er rigtig dygtig til fodbold. Ja, en af de bedste på skolen. Hun er også god til at danse limbo, selvfølgelig. For hun vandt jo præmien til *limbo-konkurrencen* til *fed fredag,* dengang Isaac blev så sur og viste sig at være en idiot. Godt jeg sagde fra dengang. Ellers havde jeg måske stadig været kæreste med en, der er så hidsig.

Jeg skuler hen til Isaac. Han sidder sammen med Cruise. De ser ud som om, ingen af os betyder det mindste for dem. Det er sikkert også rigtigt. De to er kun optaget af en ting. Nemlig sig selv!

Jeg kommer til at tænke på Manas. Han har næsten ikke været inde i *OurBreak-VR,* efter jeg fortalte ham om Isaacs dårlige opførsel over for Sanam. Det er meget mystisk.

Palle har tænkt lidt over sagen.

"Ja, jo. Du er da god nok til at tale dansk, Sanam. Så det er måske ikke så tosset. Selvom du jo ikke selv går med tørklæde. Men kan du egentlig synge særligt godt?"

Palle skæver i retning af Mona. Han havde virkelig regnet med hende til at synge sangene i musicalen.

"Ellers kan Mona vel synge Sanams sange. Sanam danser jo rigtig godt. Så kan hun danse, mens Mona synger sangene. Det tror jeg godt kan fungere," siger Helle.

Palle lyser helt op. Og så er det afgjort.

Nu bliver de øvrige roller diskuteret og fordelt. Men jeg hører ikke rigtig efter mere. Jeg sidder og tænker på Sanam og på, at hun faktisk lige løste vores problem ved at tilbyde at deltage i musicalen. Og på hvor modigt det er, at hun vil spille en af hovedrollerne.

Nu jeg tænker over det, kan jeg sagtens huske,
at Sanam dansede virkelig godt med sin
veninde til *fed fredag*. Jo, Sanam
bevæger sig meget smukt,
når hun danser.

Helle slutter mødet af med at sige,
at vi går i gang med at prøve til
musicalen allerede i morgen.

Hemmeligheden

8. KAPITEL

Værsgo og kys!

DET SKRIDER virkelig godt fremad med prøverne til musicalen, mener Helle. For tidsplanen holder. Vi er bare rigtig gode, synes Palle. For vi er ved at have styr på hele stykket. Så vi når det inden premieren uden bøvl.

"Det er helt sikkert," nikker de til hinanden.

De instruerer begge to. Og det plejer at gå ret lige ud ad landevejen. Helle tager sig af replikkerne og alt det med dansen sammen med Caroline. Hun hjælper med koreografien, for Caroline har selv danset i mange år og underviser i *showdance* på ungdomsskolen. Og sidste år kom hun næsten til en *showdance audition* på tv. Så hun er rimelig dygtig. Palle tager sig af al musikken, og sammen sætter Palle og Helle handlingen rigtigt op. Indtil nu er det, som sagt, gået uden problemer.

I dag skal vi – mig, Sanam, Helle og Palle – prøve på en scene sidst i musicalen. Det er der, hvor den nye pige i klassen og pigen med tørklædet kysser hinanden for første gang, fysisk, og beslutter at blive kærester i virkeligheden og ikke kun inde i *OurBreak-VR*.

Mona og Caroline er også med til prøven. For Mona skal synge, mens Caroline arbejder sammen med Sanam om dansen, som udtrykker hendes *lykkefølelse* efter, at vi har kysset hinanden. Isaac er der også. For Palle har fået den idé, at han skal være den dansende gud Amor, som skyder sin pil i Sanam og mig, så vi forelsker os. Det var noget, de også gjorde i Amager Totalteater, har Helle betroet os. Og det virker, har Palle forsikret.

Caroline er henrykt. For hun er meget begejstret for Isaacs dansestil og glæder sig til at arbejde med ham.

Men i dag er de voksne ikke helt enige. For de ved ikke rigtig, om den *minoritetsetniske* pige skal beholde sit tørklæde på eller ej, når vi har kysset hinanden. Efter at Amor har skudt os med sin kærlighedspil.

På den ene side, vil det se rigtig flot ud, hvis Sanam kaster tørklædet i vejret og Amor flyver op under toppen af cirkusteltet med det. Men på den anden side, synes Palle, at det så ser ud som om, Sanam smider sin religion væk. Fordi tørklædet kan ses som et symbol på hendes religion. Jeg synes nu bare, tørklædet kan ses som et tørklæde. Sanam siger, hun ikke synes, vi skal tænke på religion. Forelskelse er en sag mellem de forelskede og Gud.

"Det gælder også, når det er to piger, der er forelsket ... Faktisk har det egentlig ikke så meget med religion at gøre, men mere med, hvad mennesker mener om hinanden. Det vigtige er faktisk ikke, *hvem* man elsker. Det vigtige er, *at* man elsker!" siger Sanam.

Jeg stivner et øjeblik. Jeg synes jeg har hørt det før. Men jeg kan ikke komme i tanke om hvor henne.

Helle siger, at vi skal huske, at det ikke kun er nogle *minoritetsetniske* danskere, der tænker dårligt om to piger, som forelsker sig i hinanden. Men desværre også nogle *etniske* danskere. Palle siger, at Sanam og Helle begge har ret.

"Det har ikke rigtig kun noget med religionen at gøre. Så jeg spørger igen, hvad ville hun få ud af at droppe sin religion? Hun er måske bange for sin families reaktion – hvilket vist er meget normalt for alle, der er forelsket – og som Helle siger, så er det jo ikke kun i minoritetsetniske familier, at det kan være et problem at være kæreste med en pige, når man selv er en pige."

Mona orker ikke høre mere og bryder ind: "Hun er ikke den første muslimske pige eller den første kristne pige i Danmark med den her udfordring. Jeg kender en dansk, lesbisk pige og hendes forældre vil næsten ikke engang tale med hende, fordi hun er til piger. Det er da helt ligegyldigt, om Sanam tager tørklædet af eller ej. Det er en musical. Lad os nu bare komme videre!"

Helle ser på os alle med det der blik, hun bruger, når hun gerne lige vil sige noget vigtigt til os om det at være menneske. Palle nikker allerede automatisk, selvom hun ikke har sagt noget endnu.

"Nu vil jeg gerne lige have ordet," siger hun så. Nu nikker vi alle automatisk. Det er langt hurtigere overstået på den måde.

Helle begynder på sin tale: "Det er altså ikke bare for sjov, at Palle og jeg har skrevet *den her musical*. For *den her musical* handler i bund og grund om én ting; *den her musical* handler om kærlighed og om, hvordan vi går og behandler hinanden i det her land. *Den her musical* handler om, hvordan vi egentlig behandler dem, der er anderledes. Dem der er i mindretal og dem, der bare gerne vil have lov til at være, den de er, uden at nogen andre skal bestemme, hvordan de skal opføre sig, og hvad de må og ikke må gøre med deres liv."

Vi nikker alle endnu mere til Helles ord.

"I ved godt, at jeg er gift med en kvinde. Og nu skal jeg fortælle jer noget. Dengang jeg blev gift med Inger, var der nogen, der sagde, at det var forkert, at to kvinder lever sammen og elsker hinanden. Og det var danskere, med danske forældre og bedsteforældre, som sagde det. Og det var forkert af dem, at sige det. Det gjorde ondt. Og helt fra gamle dage, og næsten indtil nu, har det faktisk været sådan, at nogle mennesker vil bestemme om to drenge eller to piger, der er forelskede i hinanden, må få hinanden. Og det er bare rigtig vigtigt for mig og for Palle at få sagt, at det er der altså ikke nogen andre mennesker, der skal bestemme. Forstår I det?"

Vi nikker alle sammen ivrigt igen.

Jeg kan faktisk godt forstå det, Helle siger, kan jeg mærke. Og jeg bliver helt glad over, at jeg forstår det. For en gang skyld synes jeg, det er godt, at Helle indimellem holder sine små foredrag for os. Pædagoger kan være fine nok nogle gange.

"Godt sagt," siger Palle og giver Helle *thumbs up.* "Jeg tror faktisk, nu jeg tænker over det, at det vil se megaflot ud, hvis der daler et regnbueflag ned bagved pigerne, når de kysser hinanden, og Sanam begynder at danse til Monas sang med tørklædet *på.* Det er jo ikke tørklædet, som er vigtigt, som Mona siger."

"Okay, så. Så lad os komme videre!" Mona vender øjne.

"*Yes,* okay," siger Palle. "Men så start fra der, hvor I tager VR-brillerne af og står lige ved siden af hinanden. Og du, Lizette, siger: 'Aldrig troede jeg, du ville se mig i øjnene' ... eller ... Amor kommer dansende ind – ikk' oss' Caroline – og skyder pilene på Sanam og Lizette ... og, så ... hm, flyver han op under teltloftet, *imens* I tager brillerne af, okay?"

Pludselig får jeg sådan en underlig følelse i maven. Lidt som sommerfugle, der flyver rundt derinde. Jeg står der, med VR-briller på, ved siden af Sanam. Præcis, som jeg så ofte har stået, som avatar, ved siden af Manas. Sanam er godt nok ikke en sort, stor ulv, men jeg er jo heller ikke en glad, ranglet myre.

Her står jeg nu, ved siden af Sanam, og kigger lige ind i hendes smukke øjne, mens de andre ser på os.

Jeg kan ikke lade være med at grine. Sanam kommer også til at grine. Og nu griner de andre også. Så, jeg griner bare endnu mere. Det er virkelig dejligt at grine. Det virker næsten som om, vi allerede kender hinanden. Sanam og jeg. Sanams øjne skinner. Jeg kan mærke, jeg får røde kinder, for jeg synes, hun er helt vild sød. Hun er også rigtig smuk. Endnu mere, når hun står og griner som nu. Nu bliver jeg genert, kan jeg mærke. Jeg kigger ned på mine sorte sko ... Ih, altså. Pinligt!

Isaac kommer dansende ind med sin bue og pil. Caroline klapper begejstret. Isaac danser energisk forbi os og vender sig et par gange om sig selv. Så affyrer han en pil lige imod mig. Lidt hårdere end nødvendigt. Jeg synes, jeg ser et smil lynhurtigt komme og forsvinde igen på hans læber, da jeg tager mig til det sted, hvor pilen ramte.

Sanam får også en hård pil lige på armen. Men hun fortrækker ikke en mine.

"Meget fint!" siger de voksne. De er også begejstrede.

"... Og så, forsvinder du ud, Isaac ... Vi prøver med bungy jump-elastikkerne senere ... og, Lizette nu kysser du Sanam *lidenskabeligt* på munden ... Og Mona, du begynder at synge titelsangen ... og så træder du frem, Sanam ... *YES!* ... Og, du går tilbage, Lizette, og ud bagved ... Ja, sådan ... Og, du begynder at danse, Sanam ... Ja, Caroline. Du må gerne danse med ... Det er en god hjælp for Sanam."

Jeg stå helt stille nu og bider mig i læben, mens jeg ser
på Sanam som danser. Jeg har lige kysset hende!
Hun er smuk. Alle ser på hende nu. Det føles
som om, mine fødder svæver over gulvet.
Sådan her har jeg aldrig haft det før.
Jeg ved, jeg er blevet forelsket i
Sanam. Sådan føles det altså
at være virkelig forelsket.
Godt jeg slog op
med Isaac!

9. KAPITEL

Drømmen om Sanam

DE NÆSTE dage med prøver går rigtig godt. Jeg kan slet ikke vente med at komme hen i klubben efter skole og øve med Sanam. Selvom jeg bliver helt ved siden af mig selv, når jeg er sammen med hende, og ikke aner, hvad jeg skal sige eller gøre. Alligevel er det den bedste følelse i verden, at være lige der, hvor hun er.

De replikker, jeg skal sige, er faktisk en kæmpe hjælp, for selv kan jeg overhoved ikke finde på noget at sige til Sanam. Jeg står bare og ser på hende med et kæmpe smil i hoved.

Pædagogerne synes, jeg er enormt ægte. Når Helle og Palle for eksempel beder mig tage Sanams hånd i min, kan jeg mærke elektriske stød hele vejen op til mit hjerte.

Jeg tror også, Sanam kan mærke noget. Jeg er meget optaget af, om hun mon også føler noget af det, som jeg føler. Kan Sanam mon lide mig; bare en lille smule? Det gør mig skør at tænke på det – og på hende.

Før sov jeg rigtig dårligt. Men nu lukker jeg slet ikke et øje om natten. Jeg ligger bare og tænker på Sanam. Jeg vender og drejer mig. Sætter mig op. Lægger mig atter ned. Tjekker telefonen for en besked. Selvom jeg godt ved, der ingen er.

Det ene øjeblik er jeg sikker på, at Sanam kan lide mig. Så føler jeg mig som den heldigste i verden. Det næste øjeblik kommer jeg i tvivl og bliver helt ulykkelig. Det går altså ikke. Jeg er nødt til at finde ud af, hvad Sanam føler for mig. Bare hun kan lide mig. Men hvordan, kan jeg bare spørge hende? Nej, det går virkelig ikke. Tænk hvis hun ikke kan lide mig. Så dør jeg. Simpelthen.

Jeg falder til sidst i søvn og drømmer, at jeg sejler i en rød gummibåd sammen med Sanam og Isaac. Vi sejler hurtigt, og pludseligt forstår jeg hvorfor. Vi nærmer os et gigantisk vandfald. Vi klamrer os alle tre til hinanden og til båden. Den sejler ud over vandfaldet. Vi skriger og skråler. Isaac falder ud af båden på vej ned ad vandfaldet. Både jeg og Sanam prøver at gribe ham, men han falder i vandet.

I drømmen bliver Isaac til en stor, hvid haj og svømmer væk i strømmen.

Endnu mens Sanam og jeg faldet ned ad, i den røde gummibåd, bliver vandfaldet til bjergtoppene i mit univers, inde i *OurBreak-VR*.

Vi stiger begge ud af gummibåden. Den begynder straks at skrumpe ind og ændre form til en fodbold.

"Hêdî-hêdî!" siger Sanam, mens hun transformerer sig til *Manas* og rækker mig fodboldpræmien fra limbo-konkurrencen. Og så vågner jeg badet i sved.

I dag efter prøverne har jeg beslutter at invitere Sanam med hjem. Jeg er nødt til at fortælle hende, hvordan jeg har det med hende. Ellers bliver jeg skør. Hun må da også vide det allerede? Jeg har flere gange fanget hende i at se på mig, når vi har prøver. Når hun tror, jeg er optaget af andre ting. Men jeg er kun optaget af hende. Jeg ser alt, hvad hun gør. Det er egentlig sygeligt. Jeg er *hårdt* ramt.

Det ene øjeblik har jeg det forfærdeligt. Jeg tænker på, at hun vil takke nej til min invitation. Og det næste øjeblik, vidunderligt, mens jeg forestiller mig, Sanam og mig sammen på mit værelse. Tænk, hvis hun siger, at hun er fuldstændig, vanvittig, vild med mig. Ligesom jeg er med hende! Så kan vi stå og se hinanden længe ind i øjnene, suk.

"Er du klar til skole, Zette?" Det er ikke tante Tulle, der kalder. Det er min far. Jeg aner ikke, hvad der er sket med ham. Efter Palle sagde han ville få ham på højkant, er det ligesom, han er blevet en anden mand. Han er begyndt at

stå – ikke ligefrem tidligt, men – tidligere op *igen*. Og han spiller og skriver sange *igen*. Det har han ellers ikke gjort længe. Jeg er næsten også sikker på, at tante Tulle og far nogle gange øver sig sammen. For hvis jeg kommer tidligere hjem end forventet, sker det, at de sidder og synger sammen i stuen.

Det hele er lidt mærkeligt. For de har aldrig sunget sammen siden *Myretuen*-tiden, da tante Tulle gik solo. Ikke engang til juleaften rundt om træet, har min far sunget med, når mor og tante Tulle sang. På den måde kan han være enormt stædig, *Myrekongen*. Der ligner jeg ham nok. På en måde er det helt rart, at tante Tulle bor hos os en tid. Hun er mellem to albums, siger hun. Så hun har både tid og overskud. Måske smitter det alligevel af på Myrekongen og hans datter.

Faktisk er vi vist blevet gladere alle tre. Både tante Tulle, far og jeg. Bortset fra, at jeg er *enormt* ulykkeligt forelsket, selvfølgelig. Nej ... Det må jeg simpelthen se at få gjort noget ved!

Sanam vil heldigvis meget gerne med hjem efter prøverne. Vi går gennem skolegården. Vi går forbi Sanams fodbold, som stadig ligger på skolens tag. Der ligger nu mange bolde som eleverne har skudt op på taget. Den ene efter den anden, for at få dem til at trille ned fra taget igen.

I stedet er de nye bolde, en efter en, blevet liggende sammen med de forrige, som om de ikke rigtig kan undvære hinanden. Måske tænker de, at det trods alt er bedre at ligge på taget i al slags vejr, end at trille rundt i gården og blive sparket til af alle og enhver.

"Gad vide, hvad ham Newton ville mene om det?" tænker jeg og peger op på taget: "Han er *sådan* en idiot, ham Isaac!"

Sanam nikker. "Ja, og hvorfor skyder han så hårdt med Amors pile hver gang, han får chancen? Det gør virkelig ondt," siger hun uskyldigt.

Vi går lidt side om side hen ad gaden uden at sige noget. Vi er måske begge generte? Jeg er i hvert fald. Efter lidt siger Sanam: "På en måde er jeg glad for, at Isaac skød min bold op på taget. For så holdt I to op med at være kærester."

Det giver et sæt i mig, og et øjeblik løber alt blodet fra mit hoved. Jeg kan mærke pulsen slå kraftigt.

"Hvorfor siger du det?" spørger jeg, så naturligt jeg kan. Men min stemme er blevet helt hæs. Jeg er virkelig tør i munden lige nu. Sanam standser, ser på mig og siger:

"Jeg synes ikke rigtigt i passer sammen, Isaac og dig, Lizette. Du har mere brug for en *sød* fyr, end en *sej* fyr."

"*Behøver* det overhovedet *være* en fyr? Det behøver vel ikke at være en *fyr*," tænker jeg.

"Nå, okay. På den måde," siger jeg. "Det er lige her jeg bor ..." Jeg viser med hånden, at vi er fremme ved opgangen og låser os ind.

Kun tante Tulle er hjemme. De hilser pænt på hinanden. Tante Tulle er sød og lader os hurtigt gå ind på mit værelse.

Vi sætter os hen på sengen, for så mange møbler har jeg altså heller ikke. Det banker allerede på døren og tante Tulle stikker hoved ind. Hun spørger, om vi vil have lidt te? Det er okay med os. Så hun skænker to kopper op og snakker lidt med Sanam om Syrien, inden hun går igen.

Tante Tulle har engang været i Tyrkiet, men aldrig i Syrien. Men hun ved, det er et meget flot land.

"Vi er fra Kurdistan," siger Sanam.

"Nå, sådan," smiler tante Tulle og lukker døren efter sig.

"Hun er sød," siger Sanam.

"Jah ... Hun er virkelig god til at spille på trommer. Hun er meget berømt," siger jeg hurtigt. Jeg er stadig genert, kan jeg mærke. Det er altså lidt fjollet.

Vi sidder og kigger på mine ting. Jeg ser på dem som om det var første gang, selvom de fleste er flere år gamle. Lige med undtagelse af mine VR-briller, selvfølgelig.

"Dem her fik jeg af min mor, lige inden hun døde," siger jeg og tager VR-brillerne op i hånden. Jeg ser på dem. De briller har givet mig så mange fede oplevelser inde i *OurBreak-VR*. På en måde er det ligesom, at det er min mor, der har givet mig alle de oplevelser.

"Jeg bruger dem i *OurBreak-VR*. Er du på det, Sanam?" spørger jeg nysgerrigt.

Jeg ser hende lige ind i øjnene, mens hun sidder helt stille på sengen og kigger på mig.

Sanam er *så* vidunderlig!

10. KAPITEL

Hvem er Manas?

Sanam ser først på mig uden en lyd. Så nikker hun let og begynder at græde, lige her, midt på min seng, på mit værelse.

Jeg står der, med brillerne i hånden, og ved ikke rigtig, hvad jeg skal gøre af mig selv.

Jeg har bare lyst til at kramme hende ind til mig, men jeg ved jo ikke, hvorfor hun græder. Er det min skyld?

"Undskyld, Sanam. Har jeg sagt noget forkert? Det var ikke min mening at gøre dig ked af det!"

Hun ser op på mig gennem sine tårevædede øjne og siger grådkvalt: "Nej, det er ikke din skyld. Det er min egen skyld."

Underligt! Jeg forstår absolut ingenting.

Jeg ser spørgende på hende, mens hun tørrer øjnene i sit ærme. Hun ser sød ud, mens hun gør det.

"*I am Manas*," siger hun så på engelsk.

"Du er Sanam," svarer jeg tøvende på dansk, imens min hjerne prøver at forstå, hvad hun mener.

"Ja, men jeg er også Manas. Jeg er både MANAS og

SANAM. Forstår du ikke det, *Ant King Daughter?*"
siger Sanam stille og begynder igen at græde.

Nej, det forstår jeg ikke. Ikke i et stykke tid, i hvert
fald. Men Sanam ser så skrøbelig ud, som hun sidder
der på sengen, at det eneste der betyder noget lige nu er,
at give hende en krammer, og prøve at gøre hende glad
igen. Så må min hjerne begynde at finde hoved og hale
på det hele bagefter.

Jeg sætter mig ved siden af Sanam, på kanten af min
seng, og knuger hende tæt. Hun lader mig gøre det og
læner sig ind til mig. Sanam snøfter i mit hår og prøver
igen at tørre næsen i sin trøje.

"Hvorfor har jeg ikke flere servietter på værelset?"
tænker jeg flygtigt.

"Jeg skulle aldrig have bildt dig og de andre ind, at
jeg var en dreng," snøfter Sanam. "Jeg skulle aldrig have
sagt til dig, at mit navn var Manas. Men jeg kendte dig jo
ikke dengang. Jeg vidste ikke, vi gik på samme skole, i
samme by, i samme land. De andre inde i *OurBreak-VR*
kommer jo fra hele verden. Det er det, der er så skønt
ved det, synes jeg. Der kan man bare være, den man er.
Uden at tænke på, hvor man er og hvordan man er. Det
var jo bare, derfor jeg ville prøve at være en dreng. Fordi
drenge er frie i virkeligheden. Præcis som man kan være
det i *OurBreak-VR*."

Sanam ser på mig.

"Undskyld, Lizette. Da jeg fandt ud af, at *du* var Myre-kongens datter, dengang du fortalte Manas om Isaac og hvor dum han var overfor mig, så forstod jeg, at du var forelsket i Manas, fordi du ikke fortalte noget om, at Isaac og du var kærester. Du sagde til Manas, at du syntes han var rigtig sød. Og at en pige, som får en kæreste som ham, vil være meget heldig. Det er derfor, jeg ikke længere er på *Ourbreak* ... Jeg er så ked af, at du ikke kan få, den du elsker. Fordi den du elsker, ikke er ham, du elsker i virkeligheden. Men *mig*. Ja ... Manas, han er altså bare mig, Lizette," snøfter Sanam.

Først er jeg stadig meget forvirret.

Så går det gradvist op for mig, at den jeg elsker, tror jeg elsker, den hun er inde i *Ourbreak-VR*. Og ikke den som hun i virkeligheden er. Selvom det jo i virkeligheden *er hende*, jeg elsker og ikke ham, hun giver sig ud for at være, i *Ourbreak-VR*.

"Wauw," siger jeg langsomt. For det er jo lige omvendt.

"Men Sanam ... Det er jo *dig*, jeg elsker. Ikke Manas! Jeg elsker dig. Forstår du ikke det?"

Så er det vist Sanams tur til at være forvirret. Hun lægger hænderne i sit skød og trækker vejret dybt i stød. Først ser hun ud som om, hun er ved at give fortabt. Ligesom når man prøver at forstå tredjegradsligningerne i Benny Bos timer

– eller, altså nu, i Isaacs *fars* matematiktimer. Så ser det mere ud som om, hun bliver overrasket. Som dengang vi fik at vide, at historietimen var aflyst, fordi Jasmin havde vundet i Lotto. Så lærerne fejrede det på lærerværelset. Og så ser hun mere mistroisk end overrasket ud. Jeg tror, det er fordi, det går op for hende, at jeg er forelsket i *hende*. Selvom hun er, *den* hun er. Altså selvom hun er en pige. Og at hele situationen minder ubegribeligt meget om musicalen, som vi har premiere på i næste uge. Men så ser Sanam igen bekymret ud.

I det fjerne hører jeg dørtelefonen ringe, og tante Tulle gå hen og trykke låsen på hoveddøren op. Jeg tænker, at min far igen er gået hjemmefra uden sin nøgle.

Sanam rejser sig uden et ord og går hen mod døren.

"Går du?" spørger jeg dumt.

"Øh, ja. Det tror jeg nok," svarer hun. "Det går vist ikke, det her, vel Lizette?"

Så træder Sanam ud i gangen, hvor tante Tulle netop har åbnet døren – ikke for min far, men – for Palle.

Vi ser alle sammen lidt forundret på hinanden et øjeblik.

Så siger Sanam høfligt farvel og smutter hurtigt forbi Palle ud gennem døren, og forsvinder ned ad trappen.

"Hun er vel nok en *sød, sød* pige," siger tante Tulle.

Både Palle og jeg nikker.

"Hvad vil du Palle? Christoffer er desværre ikke hjemme lige nu," fortsætter tante Tulle meget venligt.

"Nej," siger Palle. "Men jeg kom egentlig også for at tale med dig, Mathilde. Jeg vil nemlig høre, om du eventuelt kunne have lyst til at gå med ud og spise i aften?"

"Nå, da ..." siger tante Tulle og smiler sit lille smil.

Og lige der kan jeg egentlig godt forstå, hvad Palle ser i tante Tulle. For hun ser pludselig meget mild og køn ud.

Tante Tulle ser eftertænksomt på mig.

Jeg vender mig bare om. "Jeg ved ikke helt, hvor meget mere drama jeg kan klare i dag," tænker jeg og går tilbage på mit værelse og lukker døren efter mig. Jeg når lig at høre tante Tulle svare: "Jamen, Palle. Jeg kunnen da enormt godt tænke mig at spise middag med dig i aften," inden min dør lukker i.

Jeg falder fortvivlet sammen på sengen, og atter engang, trækker jeg puden over hoved for at lukke verden ude. Livet er svært.

Jeg ved ikke helt, hvor længe jeg ligger sådan. Ikke længe nok. Det er helt sikkert. Men det er alligevel ved at blive mørkt, da min far kommer hjem.

Han bliver faktisk ikke så forbløffet over at høre, at tante Tulle er ude og spise med Palle.

”Nå, så tog han sig endelig sammen. Den gamle romantiker,” siger han bare, da jeg fortæller ham det.

Jeg har ligget og tænkt en hel del med hoved under hovedpuden. Jeg har indset, at jeg ikke *bare* er forelsket i Sanam, fordi hun er smuk og dejlig. Jeg er virkelig vild med *hende*. Og jeg vil ikke leve mit liv *uden* hende. Jeg *elsker, elsker, elsker* Sanam! Så da min far spørger, om der er noget galt. Siden jeg ligger der med puden over hoved. Siger jeg det bare til ham, lige ud: ”Ja, jeg er meget forelsket i en anden pige. Jeg elsker hende! Jeg kan ikke leve uden hende. Og hvis ikke jeg kan få hende, så vil jeg hellere være død. *Ligesom mor ...*”

Jeg er først bange for, at han vil blive ked af det eller sur over, at jeg siger, at jeg vil dø ligesom mor, mener jeg. Fordi vi stadig ikke rigtig har talt om hendes død. Og selvom far har fået det meget bedre end før, er jeg usikker på, hvordan han vil reagere.

”Nå, da da,” siger han bare. ”Så må du da hellere se at komme i omdrejninger og tage dig sammen, ligesom gode gamle Palle har gjort med tante Tulle. Hva’, Zette?” Og så kaster han sig over mig og kilder mig på sengen, til jeg er ved at flække af grin. Og selvom jeg hader at grine – som sagerne står lige nu – er det alligevel også dejligt.

Bagefter spiser vi sushi, som far har med hjem. Der er rigeligt, nu tante Tulle ikke spiser med. Far siger, at det egentlig er en overraskelse, men at han er for spændt til at holde det hemmeligt længere. Men det er faktisk Palles plan at både far og tante Tulle skal spille musikken i musicalen i næste uge. Han spiller også nogle nye sange for mig, på det lille keyboard, som han har skrevet sammen med tante Tulle. Det er dejligt at se far så begejstret.

"Vi sover ikke i teltlejren. Men vi kommer ned om eftermiddagen, og vi er med i alle tre forestiller," siger han.

Da vi har spist, viser far en masse gamle billeder, fra da jeg var lille, på skærmen. Der er også billeder og videoer fra *Myretuen*-tiden, som folk engang har lagt på nettet. Der er mange rigtig gode billeder af mig og mor. Vi bruger hele aftenen på at snakke om hende. Far fortæller om, hvordan han mødte hende og tante Tulle, da han sammen med Palle havde meldt sig til noget totalteater i København for at spille musik.

"Mor slog benene væk under mig fra første færd." Han nikker til billedet på skærmen. Far vidste bare, at det skulle være mor eller ingen, forklarer han.

"Og det har jeg aldrig fortrudt Zette! Heller ikke nu, hvor mor er død. Jeg har altid vidst, at vi var skabt for hinanden."

Far holder en pause og ser på mig.

"Ja måske, havde jeg det nok
lidt på samme måde, som du
har det med hende den der
pige," siger han og smiler
kærligt til mig. "Det er
præcis som det skal
være. Sådan føles
det, når det er
kærlighed!

– *True love,*
Lizette."

A
A
Färger som består
kyss
efter kyss

11. KAPITEL

Sanam og Lizette

DET BLIVER tidligt lyst en fredag morgen på stranden, om sommeren i Sønderborg. Det ved jeg. For jeg er nødt til at stå tidligt op og løbe mig en tur til vandet. Det er umuligt at sove mere på denne her *dumme* sommermorgen.

Jeg tænker nemlig på Sanam hele tiden. På hendes smil, på hendes lange, mørke hår og hendes glimtende øjne. Jeg tænker på hendes duft og hører hendes stemme for mit indre øre.

Så ud må jeg! Ud af soveposen. Ud af teltet i teltlejren på boldbanen. Ud og løbe mig en tur. Eller egentlig ud og løbe væk. Væk fra det hele.

Jeg løber hurtigt forbi den store plakat på skolens port.

> *"ALS TOTALTEATER PRÆSENTERER MONA, MYREKONGEN, HANS DATTER OG SANAM I 'OURBREAK LOVE' AF HELLE OG PALLE MED GÆSTEOPTRÆDEN AF MATHILDE!"* står der, med

store bogstaver over billedet af skolens cirkustelt og et

fotografi af Sanam og mig, som holder hinanden om livet og ser meget lykkelige ud.

Jeg løber, til jeg næsten kaster op. Helt til jeg må stoppe op, fordi det svimler for mine øjne.

Det er ikke let at være mig. Ikke med en død mor og en umulig forelskelse i en pige, som ikke vil vide af mig, som prikken over i'et. Og at løbe en tur uden – næsten – at besvime, det kan jeg heller ikke engang.

Det eneste der går godt i mit liv er forestillingen. Sanam og jeg har haft kæmpestor succes både om onsdagen og torsdagen med musicalen i cirkusteltet.

Vi står der i spotlightet og siger vores replikker. Vi synger vores kærlighedssange til hinanden. Okay, det er Mona, som synger Sanams sange, men alligevel. Alle synes vi spiller så overbevisende. Men tale sammen uden for scenen, det kan vi slet ikke finde ud af. Vi har ikke sagt et meningsfuldt ord til hinanden, siden Sanam forlod min lejlighed i sidste uge.

Jeg er ved at gå til af længsel efter hende. Folk siger til mig, at jeg virkelig lever mig ind i rollen, når jeg spiller forelsket i Sanam. De tror på det, siger de. Selvom de synes at selve historien, om to piger – en etnisk dansker og en dansker med *minoritetsetnisk* baggrund – som forelsker sig og får hinanden til slut, nok er ret urealistisk. Det siger folk.

Jeg er lige ved at græde, når de siger det. Tænk, hvis de har ret. Tænk, hvis Sanam aldrig i livet kunne finde på at blive kæreste med mig. Selvom hun måske også godt kan lide mig; bare en lille, bitte smule.

Jeg løber ned til vandet og sætter mig på en sten, på stranden. Jeg kigger ud på bådene i horisonten.

En god ting er det nu, at min far er kommet på højkant igen. Takket være Palles musical-idé. Myrekongen har virkelig nydt at være tilbage på scenen. Det er godt, at Palle overtalte ham til at være med i forestillingen.

Det er da også godt, at tante Tulle og Palle er begyndt at kæreste igen. Det glæder mig, at det lykkes for dem. Når nu jeg ikke selv kan få en kæreste. Måske lykkes det også en dag for mig, trods alt?

Solen begynder at varme min krop og jeg føler mig lettere til mode.

Jeg er helt alene på stranden.

Jeg tager tøjet af og går ud i vandet. Det bliver hurtigt dybt. Jeg dykker ned mod bunden. Vandet er helt klart. Jeg bliver under vandet så længe jeg kan. Det er som om vandet skyller alle problemerne væk.

Jeg mærker vandet lege med mit hår, mens jeg svømmer op og trækker frisk luft i lungerne.

Da jeg rejser mig i vandet og går det sidste stykke ind mod strandet, føler jeg mig som født på ny. Måske ordner det hele sig alligevel. Hvis bare jeg ikke giver op!

Det er lidt mærkeligt. Men det er ligesom om, mit tøj ikke ligger, hvor jeg lagde det, inden jeg gik i vandet.

Jeg tager det hurtigt på.

Pludseligt kan jeg høre stemmer, fjerne sig ad stien, langs med vandet.

Jeg kan ingen se. Men det lyder meget, som Cruise og Isaacs stemmer. Jeg hører ordene: "Det, der! Det, der! Det deler vi!"

Jeg mærker bekymringerne atter, hurtigt, skylle ind over mig, som en tsunami. Hurtigt, virkelig hurtigt.

Alle – og jeg mener dem *alle* – har set billedet, da jeg når tilbage til teltlejren.

Caroline springer straks op fra langbordet, hvor de alle sidder og spiser morgenmad, da jeg kommer.

Hun rækker mig sin telefon.

Billedet er taget, lige da jeg rejser mig op efter at have dykket ude på det dybe vand. Lige der, hvor jeg følte mig allermest glad og fri. Men på billedet ser jeg mig selv stå i vandet i en tosset stilling, på et ben og med en arm underligt strittende op i luften. Mit hår hænger slapt ned over skuldrene, og det ligner, at jeg hiver efter vejret, ligesom en *kluntet sæl,* der lige har været ved at drukne.

Nej, hvor er det pinligt. Jeg ligner en idiot! Jeg føler mig bare så flov og så ydmyget.

"Isaac har delt det," siger Caroline. "Isaac og Cruise ..."

Alle ser på mig. Jeg kan ikke møde deres blikke.

Caroline når lige at gribe telefonen, som jeg nærmest smider fra mig, inden jeg løber hen mod soveteltet for at gemme mig i min sovepose.

Hvordan kunne de gøre det?

Jeg løber alt, hvad jeg overhovedet kan.

Jeg hulker, mens jeg løber. Og da jeg kommer ind i teltet og får gravet mig ned i soveposen, begynder jeg at græde rigtigt. Jeg græder, som jeg ikke har grædt, nogen sinde før, i hele mit liv.

Det er ikke bare billedet, jeg græder over. Ikke bare over, at Isaac kan være så ondskabsfuld. Jeg græder også over min mor, der ikke er her mere, nu, hvor jeg har brug for hende til at holde af mig. Brug for en, der holder om mig. Brug for en, der vil trøste mig og sige, at det er okay. At alt nok skal gå. Og jeg græder over, at jeg er forelsket. Det burde da være det bedste i verden, men det er det bare ikke. Det er værre end noget, jeg har prøvet før, nogen sinde. At være forelsket, er værre end noget som helst andet. Selv værre end at skulle skrive en tysk stil til Tove.

Jeg mærker nogen lægge sig oven på mig uden på soveposen. Jeg kan mærke en, som langsomt glider ned ad soveposens stof, langs min krop, og lægger sig helt tæt ved min side. En, som aer mig over håret. En, som hvisker mit navn.

Det er Sanam!

Jeg kan dufte hende, og jeg kan høre hende. Jeg kan mærke hende uden på soveposen.

Mit hjerte gør et hop. Jeg ligger helt stille. Det føles som om, jeg svæver op under teltdugen. Så dejligt er det.

Jeg græder ikke mere, men Sanam aer mig stadig over håret. Hun aer mig også på kinden. Hun trøster mig. Hun hvisker søde ting til mig.

Jeg begynder igen at græde. Men denne gang er jeg ikke fortvivlet. Nu græder jeg bare, fordi det er dejligt, at hun trøster mig og passer på mig.

Sanam prøver at holde om mig, selvom det er svært på grund af soveposen. Så i stedet kysser hun mig. Altså godt nok kun i nakken. Men ih, hvor er det skønt.

Det kilder.

Tænk at blive kysset i nakken, af den man elsker.

Jeg vender mig om, så godt jeg kan i soveposen og kigger lige ind i verdens smukkeste øjne og det sødeste smil, som noget menneske nogensinde har smilet.

Jeg ved ikke, hvad jeg skal sige, for det hele virker uvirkeligt. Selvom det her øjeblik, er totalt det eneste i hele verden, der i virkeligheden betyder noget.

Uden for teltet hører jeg Carolines bestemte stemme.

"Glem det!" råber hun til de nysgerrige, der vil ind i teltet. Ikke engang de, der bare vil hente en tandbørste får lov til at komme ind. Det skal hun nok sørge for.

Vi er helt alene, og vi er helt tæt. Og jeg er lykkelig.

"Du er rigtig sød, Lizette," siger Sanam. "Jeg kan ret godt lide dig."

Jeg snøfter lidt. Sanam tørrer de sidste tårer af min kind, med sin hånd.

Vi kysser hinanden på munden. Det er rart. Jeg kan mærke kysset i hele kroppen.

"At adskille stilheden, ved hjælp af læberne, dette kan være det rette sted at mødes ... med Myrekongens datter," siger Sanam og smiler.

"Hm, jeg tror nok, jeg forstår, hvad hende din digter mener. Læberne *er* i hvert fald et rigtigt godt sted at mødes, synes jeg," hvisker jeg og kysser Sanam igen. Vi griner begge to.

"Hvad foregår der egentlig?" spørger Helle højlydt Caroline uden for soveteltet. Caroline forklarer Helle, at Isaac og Cruise har delt et billede af mig nede fra stranden. Men at Sanam trøster mig og at jeg har brug for lidt privatliv. Det forstår Helle godt. Hun siger til de andre, at de må vente med at børste tænder.

Helle vil rigtig gerne have, at alle andre end Sanam og mig samles over i cirkusteltet til *stormøde,* lige med det samme.

"Vi skal tale om, hvad der skal ske nu. Altså med jer to!" siger Helle.

"Ja, Helle ..." svarer Isaac og Cruise stille.

"De skal bare ud! Skam dig, Cruise!" råber Mona, som er ankommet til lejren, fordi hun sover hjemme, og tydeligvis ikke længere *forguder* Cruise.

Jeg ligger på en lille, lyserød sky ved siden af Sanam inde i teltet og hører det hele i det fjerne.

"I aftenen bliver forestillingen vist noget ganske særligt," tænker jeg og mærker de søde, bløde kys, fra Sanam, min elskedes, fine, røde læber på min mund.

———

Sanam & Lizette

For evigt!

Tak til

Tak til Anna D. for lån af
kunsten og tak for *din store* hjælp.

Tak til Magnus, Gitte og alle jer andre fra
Amager Totalteater 1981 – Sikke en oplevelse,
som man umuligt glemmer.

Og tak for rådgivning og alle historierne til Walid
og for samtalerne med Jakob og Andreas i bilen på
vej til ungdomsklubben. I er bare superkloge alle tre!

Og ikke mindst en kæmpestor tak til Bertram for
at blive ved med at punke mig for at skrive bogen
færdig – og for sparring og klarlægning af format,
omfang og layout. Bogen var nok ikke blevet til
noget uden din interesse og dit engagement.
Så selvfølgelig er bogen dedikeret til dig:)